最後の約束

〜Love for My Father〜

佐倉　守莉
SAKURA Mari

文芸社

目次

1. ホワイトアウト

真っ白な世界。
しんしんと雪が降り続く。

また雪か。

そう思う間に、綿のような雪がどんどん落ちてくる。びゅうびゅうと風が舞い、大粒の雪が白い渦となって私に襲いかかってきた。

早く家に帰らなければ……。

でも、吹雪で何も見えない。動けない。

（本を……）

何か聞こえた？
吹雪でその音もかき消される。

（……捨てては……いけない……）

風の音に紛れて、何かが……。

（……私の……私の本を……捨てては……）

あの声は……。

＊　＊　＊　＊　＊

「お父さん?!」

飛び起きた。目の前には書類とパソコン。

ここは……。


「お前、職場で居眠りして、しかも寝言か？　真面目に仕事しろよ」

「あ、課長。すみません」

髪をかき上げ、ピシッと頬を叩き目を覚ます。

私は決して不真面目なわけではない。今日は朝から雪が降り続いていて、出勤前に家の前の除雪。なおかつ、昼休みも来客用駐車場の除雪を手伝っていた。

この職場は「手の空いている人お願いします」と言われたら、来客対応をしていない限りお手伝いするという風習がある。冷たい人とは思われたくないので、私も声が掛かれば立ち上がる。

そういう訳で、やっと昼食にありつけたのが午後2時。疲れと満腹とが重なり、ついうとうとしてしまった。

それにしても、ずっと雪を見続けていたせいで、夢の中まで雪景色とは……。

あれ？　あの夢――


「悠利先輩」

「ん？」

振り返ると、後輩の桜木が笑顔で私を見ていた。

「昼前から何度もスマホ鳴ってましたよ」

言われて、机の上に手を伸ばす。

「着信音、なんか可愛いっすね。ピタゴラスイッチ？」

あ……マナーモードにしてなかった。

「何度も聞いて覚えちゃいましたよ。俺もそれ――」

桜木の話は続いていたが、無視して着信を確認した。

母。　母。　母。　叔母。　母。

何、これ？
嫌な予感がした。
すぐにメールも確認する。
母から一文。

『お父さん亡くなりました』

これは、まるで、昔の電報か？
電話に出られなかったのは仕事中だったからで、無視したわけじゃなくて。もっと何か説明ってものはないのか？

さっき、たしか父の夢を見ていた。

真っ白な世界の中で、微かに聞こえた。

父は、何を言っていた……？


静かに立ち上がる。膝が震えていた。

「ちょっとごめん……」

着信音の話で盛り上がる同僚たちの間を抜けて、廊下に出た。

母に電話をかける。

「ごめん。仕事で気付かなくて」

「うん。そういうことだから。まずこっちに来て。この後は――」

母が色々説明をしてくれているが、耳に入ってこない。でも、とにかく行かなければいけないことはわかった。喪服の準備をして。


――とは言うものの、葬儀となれば一週間は仕事を休まなければならない。現在大事なプロジェクトを抱えており、そのチーフという立場上、ある程度仕事を整理して桜木に引き継ぐ必要がある。危篤だから今すぐ帰ってきて！　というのとは状況が違う。もう、父は死んでしまったのだから。

二度と父には会えないという悲しみよりも、同僚に迷惑をかけてはいけないという申し訳なさが勝り、なんとか仕事をまとめ引き継ぐことができた。

——後からわかったことだが、悲しみに耐え、一週間分の仕事内容をわかりやすくまとめて桜木に託したにもかかわらず、戻ったときには一日分の仕事内容しか終わっていなかった。

桜木を問い詰めたが、「え？　別に何も支障はなかったっすよ」と悪びれもしなかった。所詮、一人くらい人員が減っても仕事は回るということだ。身内に不幸があったときは、仕事のことは気にせず、すぐに帰宅することを勧める。

すべての支度を整えて実家に向かった時、すでに辺りは暗くなっていた。再び雪も降り始めている。実家までは車で二時間ほど。車を運転しながら父への思いが駆け巡る。

いつでも行けると思いながらも、年に一度帰省すればいいほうだった。帰れば、最後はいつも父と口論になり、お互い不機嫌なまま別れることになるので、正直、帰省するのも避けていた。こんなことになるなら、もっと頻繁に実家に帰ればよかった……。

父の体調が悪かったことは、妹の千冬から電話で聞いてはいた。結婚するまで実家にいた千冬は、今でも両親のことを気遣い、週に一度は実家に顔を出し、家族と疎遠な私に根気強く連絡し続けている。

ただ、千冬の話だけでは、病名もよくわからず、どの程度悪いのかも判断できなかった。もっと具体的に知ろうとすべきだったと、今更ながら後悔する。

電話口の母は、意外と冷静だった。母はか弱く、一人では生きていけないタイプだと思っていたので、父の死を目の当たりにしてオロオロと泣き崩れているのだと思っていた。気丈に振る舞っていただけなのか？　それとも、長く看病をしているうちに、父の死を覚悟したのか？　まさか、看病に疲れ果て、父の死を望んで——。

その瞬間、けたたましいクラクションの音が聞こえてハッとする。

すぐそこにトラックが見えた。ほんの数センチという間隔ですれ違う。中央分離帯のない片側一車線の田舎道。あれこれ考えている場合ではない。

ライトが照らす先は、暗闇から大量に向かってくる大粒の雪のみ。

道が見えない。

昼間、職場で居眠りして見た夢。あれは正夢だった。

ホワイトアウトって、こういう感じかな。

道路の左上部に紅白の矢印がぼんやりと浮かんでは消える。ここが道路の端ですよと示している矢印付きのポールで、雪国では重要な道路標識だ。それだけを頼りに進んでいく。

こんなことを言ってはいけないと思いつつ、車の中で叫んでいた。

「お父さんったら、どうしてこんな大雪の日に死んじゃったのよ！　ほんと、こっちが事故にあったら洒落になんないわ」

もう無理……。

もう絶対無理！と思った時、見慣れた笠地蔵が吹雪の中に浮かんで見えた。これが見えたら実家はすぐそこ、という目印だ。そういえば、昔話の『笠地蔵』のお話も吹雪だったような……と思いつつ、安堵していた。ここで事故ったとしても歩いて行ける。

実家の玄関の灯りが見えた。やっとの思いで着いたのに、家の前は吹き溜まり。こんもりとした雪の山に阻まれる。

「どうせ、田舎だから道路に駐車しても文句は言われないよね」

独りつぶやきながら車から降り、雪をかき分け、ようやく玄関にたどり着いた。


「ただいま……」

ぐったりと玄関に座り込んだところへ母が出てきた。前より小さくなったように見える。

「ああ、悠利。雪、ひどかったでしょう。ごくろうさま」

「ほんと、死ぬかと思った。あ……（死ぬとか言っちゃだめか）。ごめん、遅くなって」

「遠いところ大変だったね」

叔母も出てきて私に声をかける。母の妹で、私にとってはもう一人の母のような存在だ。優しいが躾には厳しく、今でも「和美叔母様」と呼ばないと怒られる。

「いえ。雪さえなければそれほど時間はかからなかったのですが……」

母が私の荷物を持って居間へ入る。

「とりあえず、お父さんに会ってあげて」

隣の部屋へ進む。

会うって……もう、話すこともできないんだよね。まだ実感がわかなかった。本当に父は死んでしまったのか。

ドラマでよく見るように、横たわった父の顔には白い布が掛かっていた。布を取る。

痩せこけた顔。白くなってしまった髪。父の頬にそっと手を伸ばす。


「！」

触れた瞬間、冷たくて、とっさに手を放してしまった。

眠っているように見えるが、本当に父は死んでしまったのだ。もう二度と話すことはできない。今までどうして会いに来なかったのだろう。喧嘩でもよかったのだ。お互いの考えを言い合えるのだから。でも、私の考えを真剣に聞き、批判（今思えばそれは助言だったのか……）してくれる父は、もう、いない。

胸が締め付けられる。

母に聞きたいことがたくさんあった。

1．ホワイトアウト

「どうして死んでしまったの？」

「そんなに具合が悪かったの？」

「どうしてもっと早く知らせてくれなかったの？」

……聞けるわけがない。何も連絡をしなかった私に、そんな資格はない。

気持ちの整理はついているかのように冷静を装い、白い布を元通りにし、振り返った。

「それで、この後の予定は？」

「お通夜は明後日になったの。今日はゆっくり休みなさい」

「でも、ゆりちゃん、ご飯も食べてないでしょ。ちょっと叔母様に付き合いなさいよ」

叔母は昔から私のことを「ゆうりちゃん」とは呼ばず、「ゆりちゃん」と呼ぶ。短縮するなら「ゆうちゃん」だと思うのだが。

その後叔母の晩酌にしばらく付き合った。母は一口付き合う程度でほとんどお酒は飲まない。

「正利さんはお酒が好きだったのよねー」

父以上に酒好きの叔母が、懐かしそうに目を細めてグラスを空ける。私が来る前に結構飲んでいたようで、もう眠そうだ。

「私たちは向こうの部屋で寝るから。あなたは居間に布団敷いてね」

「ここで、寝るの？」

ドア一つ挟んだ隣の部屋には父がいる。

「何？　お父さんが化けて出るとでも？」

「そうじゃないけど……」

母は少し笑って、酔った叔母を引きずるように寝室へ連れていった。


「私も片付けて寝ようかな」

誰も聞いていないが、口に出して片付け始めた。

寝る前に、もう一度父の前に座る。

今度は白い布は取らなかった。

手を合わせると、自然と言葉が出てきた。

「ごめんね」

何に対して謝ったのか、自分でもわからなかった。

静かに居間に戻り、ドアを閉める。

布団に入り電気を消すと隣が気になったが、疲れていたせいか、すぐに眠りに引き込まれていった。

2. 夢枕

（悠……）

（悠利……）

ん……。寝てるのに起こさないでよ。

「悠利」

「！」

叫ばなかったのが不思議なくらいだ。そこに、父が立っていた。

「夢、かな？」

「いや。私はここにいるし、お前は起きている」

思わず父の足元を見た。

「お前、幽霊なら足がないはずだと思っただろう?」

図星。

「私が見せたい私のイメージと、お前が見たい私のイメージが一致した結果だ。二人とも私に足があるイメージしか持っていない」

なるほど。それに痩せこけてもいないし、髪もそれほど白くはない。幾分若く見える。よく会っていた頃の父だ。幽霊とは見る人のイメージが大いに関係しているということか。

「ところで、お父さん。どうしてここにいるの?」

先ほどの、母と叔母の会話を思い出す。


「ずっと病気がちだったから、私が一人残されるって覚悟はしていたの」

「最後は入院しちゃったしね」

「苦しみから解放されて良かったと思うことにする」

「それにしても、急だったよね」

「そう。虫の知らせさえなかった。死ぬときは夢枕に立ってくれると思ってたのに……」

「お母さん、夢枕に立ってもくれなかったって嘆いてたよ」

「私が死んだのは昼間だ。お母さんは寝ていないから夢枕には立てない。丁度お前が居眠りしていたから、代わりにお前のところにいったはずだが」

そういうことか。昼間の夢は、父が亡くなったときだったのだ。

「せめて今は、私じゃなくお母さんのところに行くべきじゃないの？」

「お母さんは怖がりだからな。幽霊として現れたら気絶してしまう」

私は驚かないとでも思ったのか？　確かに、幽霊だとわかっても怖くはないが……。

それにしても、昼間の夢。父の言葉。あれは何と言っていたのか。

「それで？　何か言い忘れたことでもあって出てきた？」

「昼間も言ったと思うが、私の本は捨てないでほしい」

確かに（私の本……）みたいな言葉は聞こえていた。そうは言っても、これから先、あの大量の本を読む人がいるとは思えない。

「お母さんは捨てると思うよ」

「そうかもしれない。お母さんには以前から話しておいたのだが、いつも笑って『はい、はい』と言うだけだった」

「やっぱり捨てると思う」

「だからお前に頼んでいる。お前ならわかるだろう？　本は私の生きがいだった。あの、すべての本は、私が生きた証だ」

　確かにわかる。家族の中では父と私だけが本好きだった。買った本をきれいに並べたい気持ちも、捨てられない気持ちもわかる。

「お父さんの気持ちもわかるけどさあ、今までだってお母さんは我慢して、本に埋もれたこの家に住んでいたと思うよ」

　家のいたるところに本棚があり、びっしり本が並んでいる。さらに本棚から溢れた本たちは本棚の前に堆く積まれているのである。驚いたことに物置にも本棚があり、もう絶対に読まないであろう本がたくさん並べられていた。

「捨てないでくれ」

「いや、でも」

「一生のお願いだ」

「……一生、終えたよね」

「では、お前が読んでから捨てるのなら許そう」

「はあ？　全部読めと？」

「真面目に読まなくてよい。流し読みでいいから。手に取って、どのような本なのか確認してから捨ててくれ」

「うーん……。あとがきだけでいい？」

「ひと通り、ページをめくりなさい」

「なんかさあ、これって嫌がらせ？　いくら私が親不孝だったからって……」

一瞬、父が悲しそうな顔をしたように見えて、私は口を噤んだ。

——思えばいつもそうだった。話しているうちに私が余計な一言を発して、会話が滞る。高校生の頃、進路選択について話していた時も、公務員が嫌いだという父に反発し、私はその道を選んでしまった。


父は何かを言おうとしていたが、少し考えてこう言った。

「これは、お前の第二の人生の始まりになるだろう」

「何？　その占い師みたいな言い回し」

「もう、時間だな」
「え？　時間って」
（そんなに長くはいられないのだよ。この次は……）

消えた。

私は起き上がっていた。夢の中ではない。本当に父と話していたのだろうか。いつも父とは口論になっていたが、何だか今日は楽しかったな……。

そして、私は深い眠りについた。

3. 大橋さん

翌日。

まだ、誰も起きていない早朝。母が私の横をそっとすり抜け、父に線香をあげている。

……。

何か父に話しかけているようだが、私の耳には入ってこない。


「おはよう。早いね」

私は母に声をかけた。

「起こしちゃった？　今日はたくさんやることがあるからね」

「あのさ……」

私は、真夜中の出来事について、母に話したかった。でも、「変な夢ねー」と笑われて終わるような気もした。

「あの……いろいろ手伝うから言ってね」

「うん。まずはね――」

「あ！　それと……」

私は母の言葉を遮って言った。

「お父さんの本、私が片付けるから、とりあえずそのままにしておいてもらっていい？」

父ときちんと約束したわけではないが、私はもうすでに父の本をひと通り読む気になっていた。

母は不思議そうな顔で私を見たが、「そうね。本は重いから任せるわ」と言い「さあ、忙しくなるわよ。まず――」と指示を始めた。

実際この日は、葬儀に向けてやるべきことがたくさんあり、正直悲しんでいる暇などなかった。

「お父さんはね、自分が死んだら葬式なんてしなくていいっていつも言っていたの。お骨もその辺に置いとけって」

「だからって、葬儀をやらないわけにはいかないでしょ？」

「うん。だからおじいちゃんと同じお寺さんに頼んだ」

父方の祖父のことだ。祖父母はそのお寺の檀家であった。

葬儀屋はこの町に一つしかなく、会場も町の会館である。この日私は、朝から実家に来ていた千冬とともに、葬儀屋と何度か打ち合わせを行った。彼――大橋さんは、一風変わった人だった。

大橋さんは終始笑顔だった。

「葬式だよ！」とツッコミを入れたくなるところだが、話が止まらず口を挟む余地がない。特に、浄土真宗本願寺派と大谷派の違いについては入念に説明があった。祖父母は大谷派だった。

「お香は額まで～っ、持っていかないでくださいー」

大橋さんは語尾を伸ばす癖がある。しかも途中語尾が上がる妙なイントネーションだった。

「お香をくべる回数は～っ、本願寺派は一回ですが～っ、大谷派は二回なんですよー。二回ですから間違えないでくださいー」

この人の説明は本当に正しいのか、不安が募る。

通夜当日、大橋さんは思っていた以上に手際が悪かった。弔問時間が近づいても、会場の椅子の準備もしていない。そうかと思えば、直前まで母に焼香の仕方を教えている。あっちへ行ったりこっちへ行ったり、ものすごく一生懸命に動いているのだが、すべてが後手に回っている。僧侶のマイクがハウリングしても修正しない。だからお経も頭に入ってこない。

通夜も終わりに近づいた頃、大橋さんが母に目で合図をする。

「？」

母は首を傾げる。私も千冬も顔を見合わせた。

「(この後、何かあった？)」

「(打ち合わせでは何も……)」

痺れを切らし、大橋さんが母の方にやってきて「(前へ)」と促す。

母は立ち上がり、何を思ったか住職二人の間を進み、再び焼香を行った。席に戻ろうとする母を大橋さんが引き止め、中央に立たせると、司会者が母に代わって挨拶を始めた。

「(そういうことね)」

私と千冬はうなずき合う。

喪主の挨拶ということらしい。しばらくの間、母は小学生のように前に立たされ——そして通夜は終わった。


会場の片付けが済み、通夜ぶるまいの準備が整った頃、大橋さんが帰り支度を始めた。私は、ビールと果物を紙袋に入れ、大橋さんに手渡した。

「今日はお世話になりました」

「いいえー。不手際が多くて……」

さすがに反省したのか、口数が少ない。

「ところで、最後に母が前に出て挨拶する予定、ありました？」

「あー。すみません。伝えるの忘れていてー。司会者がアナウンスするのはいいですけど～っ、親族が誰も前に立たないのはおかしいですよねー」

「それって、娘の私たちも立つべきだったのでは？」

「あー。そうかもしれませんねー。あ、みなさんこちらに泊まりですよねー。ゆっくりおやすみくださいー」

相変わらず笑顔。悪気はないのだろう。何だか憎めない人だ。

4. ブラックアウト

通夜の後、蠟燭と線香を絶やさないように寝ずの番が必要だと聞いたことがある。しかし、現代では仏壇用のＬＥＤ蠟燭もあるし、長時間対応の渦巻き線香もある。

そういうわけで、ほとんどの親戚は、会館の別室か葬儀会場の隅に布団を敷いて早々に寝てしまった。さっきまで母の隣に座っていた和美叔母様も、また飲み過ぎてテーブルに突っ伏している。今、祭壇の前で故人を懐かしみ飲んでいるのは、四人だけだ。

「ちょっと飲み過ぎちゃったかな。お父さんに怒られちゃうね」

母は珍しく、ビールをグラス一杯飲んだ。今はお茶を飲んでいる。

「正兄は、お姉さんが飲んでくれて喜んでるかもよ。ほんとは一緒に飲みたかったんだろうし……」

父の妹である叔母は私と十歳ほどしか年が違わず、私は「美奈子姉ちゃん」と呼んで慕っていた。その夫である叔父はツーリングとキャンプが趣味で忙しい人だが、母とともに父の最後を看取ってくれた唯一の親戚である。

「でも、兄さん、最後は安らかな顔で逝ったよなー」

「そうね。ほっとしたんだと思う」

私は父の遺影を見つめ、叔父と母が、父の最期について話しているのを黙って聞いていた。

ふと、ずっと疑問に思っていたことを聞いてみたくなり、三人の方へ向き直った。

「ねえ。お父さんはどうして公務員を嫌っていたの？」

私が公務員になったことについて、父はずっと不満気だった。

美奈子姉ちゃんと母が顔を見合わせ、言葉を選びながら話し始める。

「嫌っていたわけじゃないと思うけど……。考えが固すぎるとは言ってたかな」

「お父さんの弟たちが二人とも公務員で、引け目を感じていたのかしら。会うたびに討論会のようになっていたわ。あなたとお父さんを見ているようなものね」

母は私を見てクスッと笑う。父も相当頑固だから、考え方が違えば討論になるだろう。

「正兄も高校卒業前に公務員試験に合格してたんだけどね」

「え？」

じゃあ、どうして……。

「でも、正兄は大学に行きたかったの。父さん——あ、悠利のじいちゃんね。じいちゃんに黙って公務員の合格蹴って、大学受験したの。で、大学落ちたわけ」

初耳だった。

「確か、文学部だったかな。昔から本好きだったからね。結局大学にも行けず、就職もできず、じいちゃんに公務員蹴ったこと散々怒られて、大変だったんだ。あの時公務員になっていればって、後悔もあったと思う」

「そんな時、あの会社の社長に拾ってもらってね」と母が続けた。

「だから、退職まで勤め上げた会社の社長にはとても感謝してた」

だから、公務員より一般企業って言ってたのかな。

「その社長も亡くなってねー」と母が言った時、急に会場の電気が消えた。

「停電?!」

母が怯えたように、いつもより大きな声を出す。

「大丈夫ですよ。祭壇に電池式の蠟燭があるから、停電でも関係ありません」

叔父はそう言いながら、自分のバッグから小さな懐中電灯を取り出した。キャンプ好きな人は常にこういう物を持ち歩いているのだろうか。

母はふーっとため息をついて言った。

「停電になると、あの地震……思い出してしまうのよ。家の中はぐちゃぐちゃで、家自体も半分壊れてしまったから……」

北海道全土を襲った、あのブラックアウトの日だ。私も二日間の停電で、自宅でも職場でも大変な思いをした。

「あの時、お父さんの上に、棚から本が落ちてきてね。怪我したのよ」

そうだった。電話で父からその話は聞いた。地震の様子を聞こうと母に電話した時だ。母はいつも最後に父を電話口に出そうとした。その頃は、父も素直に電話口に出ていたが、亡くなる少し前には、体調が悪いせいか電話口に出ることはなくなっていた。

「悠利。正兄の、地震の後片付けの話、知ってる？」

美奈子姉ちゃんが、笑いながらみんなに話を振る。

「ん？」

「ああ、兄さんの本の話ね」

「そう。お父さんってひどいのよ」

「私たち地震の後片付けの手伝いに行ったの。私も旦那もお姉さんも、割れた食器や崩れた瓦礫なんかを必死に片付けていたのに、正兄は自分の本しか片付けないのよ」

「それが、すごい丁寧なんだよな」

「そう。なんだか、並べる順番が決まっているとかで……」

私は、何気に祭壇の方を見た。

「!!」

父が立っている。

「あっ！」と祭壇を指差すと、

「ああ、大丈夫。兄さんと一緒の時もこの話は何度もしているから」

叔父が更に話を盛り上げていく。


（そうじゃなくて、お父さんがここに……）

まだ私は祭壇を指差していた。でも、誰も気付かない。
いや。見えないのだ。
私には、はっきり見えるのに。

父は微笑んでいた。
何も言わず……。

（ちょっと！　後で話したいことがあるからね）と心の中で怒鳴った瞬間、父は消えた。
深夜零時をまわり、「そろそろ寝ましょう」とお開きになった後、私はまだ寝付けずにいた。

さっきはどうして現れたんだろう。
私にしか見えなかったようだけど……。
公務員を嫌っていた理由を聞き出したこと、どこかで聞いていて怒ったのかな。

「悠利」

「あ！　出た！」

「そんな風に、化け物みたいに言わないでくれないか」

「だって、さっきは私にしか見えてなかったでしょ？」

「先日も言ったと思うが、見たいと思う者と、見せたいと思う者の意思が一致していなければこの現象は成り立たないのだよ」

「ああ、そうでしたね」

憎まれ口を叩きながらも、父と自分の意思が通じ合っていると思うと誇らしいような気がしていた。

「ところで、さっきの公務員の件……」

「ん？」

「……あ、えーと。途中で現れてみんなの話聞いてたよね」

「ああ。本の話が出てくると聞いてみたくなるのだ」

そうか。公務員の件は聞いていなかったようだ。

「お前は、この二日で少しは読んでみたのか？」

「読むって約束したかなあ」

「でも、読むことにしたのだろう？」

「片付けるのは私ってことになったから、まあ、読んでみようかな」

死んだ父と会話をしている。

以前と同じように。いや、以前よりも仲の良い親子のように。

「ねえ。今日のお通夜、どこかで見てた？」

「さすがに黙って横たわっていましたよ。でも、大橋さんは……大変だな」

5. 大橋さんのミス

初七日の法要が済んだ頃、久しぶりに父が現れた。

「お父さん。初七日終わったのに、まだふらふらこの世をうろついてるの？」

「お前が約束を破らないように、見届けなければならないからな」

私が読み終えるまで、この世をさまようということなのだろうか。早く成仏させてあげなければと思うが、もう少し父とこうして話をしていたいとも思う。あの大量の本を、本当にすべて読み切れるのだろうか。終わりが見えそうにない。

「少しは読んだのか？」

「うん。そのおかげで、大橋さんのミス、発見できたからね」

「また大橋さんか……」

「そう、初七日でね――」と私は話し始めた。

——法要中、私は全く集中できなかった。

(何かが違う)

違和感にとらわれ、正面の掛け軸から目を離すことができなかった。

法要が終わった後、すぐに千冬に話しかけた。

「あのご本尊の掛け軸だけど、本願寺派と大谷派で違いがあるって、最近読んだ本のどこかに書いてあったと思うんだよね」

父の本には様々なジャンルがあった。私はまず、役に立ちそうな新書から攻めていくことにした。ちょうど宗教関係の新書が五、六冊並んでおり、浄土真宗関連のものもあったので記憶に残っていたのだ。

「待って」

千冬はすぐにスマホで検索を始める。私が本のページをめくって探すよりずっと早い。

「うん。頭の上の後光の本数が違うって。本願寺派が八本、大谷派が六本」

「だよね。これ見て」

祭壇の上部に掛けてある掛け軸の後光の本数は八本だった。うちは大谷派だ。

「違うね」

すぐに、母と親戚にこのことを話した。

「あの坊さん、絶対気付いていただろう？」

「最後不機嫌だったし」

「すぐ、葬儀屋に電話しろ」

親戚一同が騒ぎ出す。


連絡を受けた大橋さんが、慌ててやってきた。

「掛け軸が違うということでしたが？」

「ここ、見てください」

私は掛け軸に指を差す。

大橋さんはおもむろに掛け軸を取り外し、裏面を見て微笑んだ。

「間違っていませんよー。ここに大谷派って書いてあるでしょー？」

（この人は、馬鹿なのか？　そこに書いてある文字が間違っていたんでしょうが！）

水戸黄門の格さんが印籠を出すように、千冬がスマホの画面を大橋さんに見せる。

「これ、よく見て」

「……」

大橋さんは千冬のスマホを手に取り、しばらく、画面と掛け軸を交互に眺め、ようやく千冬にスマホを返した。

「すみません。事務所で確認してきます……」


「――ということがあったの」

「私の本も役に立ったということだ」

「まあね」

その後、大橋さんは自分の間違いを認め、正しい掛け軸を持ってきてくれた。相変わらず笑顔で。

「悠利。新書はどのくらい読んだのだ？」

「流し読みで二十冊くらいかな」

「新書は、その十倍以上あるからな」

「え？」

新書だけで二百冊以上あるということなのか……。

「私は、もう何年も前に新書を読むことはやめていたのだよ」

言われてみれば、最近発行されたものはなかったような気がする。

「新書は私の情報源だった。しかし、その情報に踊らされている自分に気付いてしまったのだ。自分が望んだ情報であれば喜び安堵する。自分が望まない情報であれば悲観し、違う情報を手に入れるまで不安に苛まれる。そんな時間はもったいないないだろう？」

ネットの情報に一喜一憂している現代の人間と同じようなものだ。

「悠利。情報は次々と更新されていく。それに追いつくことも必要だが、逆に追われて自分自身を見失ってはいけない」

「うん」

「新書は、『こんな考えもあるのか』くらいの気持ちで……」

（流して読めばいいのだよ）

父は、消える前、笑っていたようだった。

6．記録

それからしばらくは読書漬けの毎日だった。

本は私が片付けると母に言ったが、すぐには無理だった。読みたい本がたくさんあるからしばらくここに置かせてと頼み込み、毎週末に実家に帰っては大量の本を持ち帰った。

職場でも休憩時間には本を読んだ。

「悠利先輩」

「……」

読書に集中しすぎて、返事をしないこともあった。

「先輩！」

「ああ、ごめん。何？」

桜木が心配そうに私の顔を覗き込む。

「最近どうしたんすか？　切羽詰まったような顔して読書してますよ」

確かに。切羽詰まっているのだ。

「つまらない読書はやめた方が……」

「いや。これは約束だから」

「約束？」

「ああ、いいの。気にしないで」

「何か面白い本があったら、俺にも教えてくださいよ」

チャラい言動の割に、桜木は文学部出身の読書家だった。「あの本、良かったっすね」とか「あの場面、どう思う？」とか、今までも趣味が合う者同士として何冊もの本について意見を交換した。だが、今の私にそんな余裕はないのだ。


父は、私が本を取りに帰省するたびに現れた。そして、必ず私に尋ねる。

「何を読んだ？」

私は読み終わった本を教える。その後はしばらく、それらの本についての討論会となるが、以前のように喧嘩にはならない。二人ともこれらの本について話すことはもう二度とないとわかっている。話が尽きた頃、父が悲しそうな顔をして、こう言う。

「もう、捨てたのか?」

「読んだら捨てていいって約束でしょ」

(そうだ。……わかっているよ)

また、私は一人取り残される。


実は、読んだ本はまだ捨てていなかった。

何冊も読み進めるうちに、私はあることに気付いていた。すべての本ではないのだが、所々にメモが挟まっているのだ。それは、大事な点を要約したメモだったり、トリックに関する解説だったり、よくわからない文章が書かれたものもある。父はこれを私に見つけてほしかったのではないだろうか。

今日も実家で本を読んでいると、母がコーヒーを淹れてくれた。

「だいぶ読んだ?」

「うん。家の本も減ってきたでしょ」

「そうね。でも、何となく寂しいかな。何冊か残しておこうかしら……」

先週、私と千冬が父の洋服を処分した際も母は寂しそうだった。姉妹二人で、

「どうせ誰も着られないし」

「置いてあっても邪魔になるだけ」

などと言いながら、ポイポイ段ボールに捨てていった。最後に母がその段ボールから赤いベストを取り出し、「やっぱり、これは残しておく」と胸に抱きかかえた。

「これ、還暦のお祝いにあなたたち二人が贈ってくれたベスト。お父さん、気に入ってよく着てたのよ。大きいけど、私が着てもいいかな」

この時は、私も目頭が熱くなり、反省した。もう少し母の気持ちを考えるべきだったと……。


「お母さんが気に入っている本は何冊でも残していくよ」

母が安堵した笑顔を見せる。

「そういえば、お父さんの部屋を片付けていて、こんな物見つけたの」と、母が一冊の大学ノートを持ってきた。

表紙には、

『蔵書ノート』

と書かれていた。


表紙をめくると、一ページ目のタイトル欄に【河出世界文学全集（読了）】とあり、その下には表が作られている。

作品番号、著者名、タイトル、発行年月日が一覧となっていた。

懐かしい。父の字だ。

右下がりの角張った文字が連なる。

ページをめくっていくと、

【世界の文学　中央公論（読了）】

【新潮現代文学全集（読了）】

と一覧が続く。さらに【岩波新書】のページになると、表の中に価格と読み終わった日と思われる日付も追加されていた。

【講談社現代新書】……まだまだ続く。ほぼ、ノート一冊にこの家にある全ての本についての情報が書き並べられていた。

父が言っていた言葉を思い出す。

——すべての本は、私が生きた証だ——。

「それにしても、蔵書ノートなんて……図書館司書にでもなりたかったのかな」

「お父さんはね。小説家になりたかったんだって」

「え？」

もしかして、あのよくわからない文章が書かれたメモは、小説の構想メモだったのか。

「何か小説、書いてたの？」

「ううん、何も。このノートの他にも何冊かあったけど、レコードやCDのことを書いたノートとか、何月何日に何があったかを書いた日誌みたいなものとか……在庫ノートっていうのもあった」

たしか、物置には洗剤やトイレットペーパーなどがお店の在庫のように置いてあった。

「家には電池が売るほどあるのよ」と母は笑う。

父は記録することが好きだったらしい。

ただ、あの小説の構想メモらしきものは気になる。次に父に会えたら聞いてみよう。

7. 小説家始動

ゴールデンウィーク。

父が亡くなって2カ月半が経ち、あんなに積もっていた雪もすっかり消え、今は庭のツツジが満開である。

私は十連休をすべて実家で過ごすことにした。もちろん、読書が目的である。

しかし、読書だけでは終わらなかった。この十日間で私（と父）の人生が大きく動き始めるのだ——。


今夜も、父とは読んだ本について討論していた。話が尽き、父が消えてしまう前に思い切って聞いてみた。

「お父さん。本に、いろいろメモ、挟んでたよね」

「ああ。あれか」

聞かれたくなかったことなのか、素っ気ない返答だ。

「本の内容を要約したり、トリックの解説をメモったりするのはわかるけど、時々本とは関係のないメモがあったんだよね」

「気にするな」

「気になるよ」

色々なメモがあった。

咲弥　推理小説家になるのが夢だったが、
才能がないことを悟り出版社に就職。
現在27歳。好奇心旺盛で
何にでも首を突っ込み、
トラブルに巻き込まれる。

最後の事件は、ここで終わる。

この場面は、立待岬が妥当。

私の人生を変えてしまった。

あの、黒い瞳の誘惑が……。


「何かの歌詞みたいなものもあったけどさあ、あれ、小説の構想メモだよね」

「……」

「お母さんから聞いたよ。小説家になりたかったって」

「ふっ……。そんな若かりし頃の夢、覚えていたのか。もう、早々に諦めていたよ」

「あんなにメモがあるのに？」

「まだ若い頃、本を読んでは刺激を受けて、こんな話を書きたいと思い、メモをしては挟んでおいた。だが、その先が全く思いつかなかったのだよ。トリックを思いついても、それを使う人間たちのストーリーが描けなかった。本を読むのが好きでも、書くのはまた別物だ」

私も本を読むのが好きだが、小説は書いたことがない。しかし、職場の広報などにちょっとした文章を載せると結構評判は良かった。私は題材があるとスラスラと文章が書けたのだ。

「……ねえ。一緒に書いてみない?」

「何を?」

「小説を。そう! 私に発想力はないけど、お父さんが書いた構想メモがたくさんある。お父さんはストーリーが描けなかったけど、私は構想メモから想像を巡らせて話を膨らませることはできると思うの」

「書いてどうする」

「別に世間の人に見せる気はないけど……。お母さんのために書くってどう? 二人で考えた小説、お母さんに読んでもらうの」

父は黙って考えていた。

「とりあえず、一つ、書いてみようよ」

私は鞄の中から構想メモを取り出した。

「お前、それ、持ち歩いていたのか?」

「今回はお父さんに話そうと思ってたから、持ってきたの」

何枚かのメモを選んでみる。

「これと、これと、これなんかを繋げて、一つの話にできないかな」

内容的には恋愛小説になりそうな構想メモだった。

「それよりは、こっちの方が書きやすいと思うが」

父が選んだ数種類のメモからは、病に倒れた恋人の死の真相を探っていくミステリー路線で書けそうだった。

「そうだね。お父さんと恋愛小説は書きたくないし」

「ふん。書く暇なんてあるのか?」

「大丈夫。昼間は残りの本をできるだけ読んで、夜書くことにする。どうせ、お父さんは真夜中過ぎにしか現れないでしょ?」

残りの本の中にも構想メモが挟まっているかもしれない。それを見つければ、また何かの参考になるだろう。

「じゃあ、とりあえず明日」

(ああ)

父はあまり納得していない様子で、消えた。

8．出版関係者

連休中は、一日四時間程度しか寝ない生活が続いた。せっかくの休日なのに、平日よりも働いた気分だ。それでも、文章を書くのは楽しかった。

――あのメモにあった咲弥を主人公にしよう。その恋人の遥樹が病に倒れ……いや、謎の自殺にしよう。遥樹の同僚、修一郎が自殺を不審に思い、共感した咲弥と共に二人で真実を暴いていくって感じで。謎の自殺の裏に、黒い瞳の魔性の女が浮かび上がってくるのはどうだろう。

構想メモがあったおかげで、私は思った以上にスラスラと文章が書けた。

書いたものを父に見せ、これは違う、ここはこうした方がいいと助言を受け、連休中に短編を書き上げた。

「これ、面白いかな」

「芥川には劣るが、まずまずだ」

「文豪と比較しないでよ。お母さんに読んでもらっていい？」

「読んでくれるかなあ。期待せずに、当たって砕けろ、だな」

母は、まず本の最初の数ページに目を通し、読みたくないと思ったらその本は二度と手に取らない。読みたいと思う基準が何なのかはさっぱりわからないが、母に面白そうと思われれば、何かを一つクリアできるような気がする。


連休最終日。

帰る前に、母に読んでもらおうと、原稿用紙の束を持って居間に行った。そこには、葬儀屋の大橋さんが座っていた。

「え？　あ、お久しぶりです」

「こんにちはー。今日はベランダの網戸の修理に来ていましたー」

「大橋さんってね、『町の便利屋さん』っていうお仕事もやってるのよ」

母がお茶を持ってくる。

話によると、こんな田舎町では葬儀屋だけでは経営が成り立たないらしく、町民が困った時すぐに助けに行く便利屋も営んでいるらしい。実は、町ではこっちの方が重宝されているそうだ。

「悠利。もう帰るの？」

寂しそうに母が聞く。

「うん……。その前に、これ、読んでほしくて」

遠慮しながら原稿用紙を差し出す。

「何？　これ、悠利が書いたの？」

母は、『彼はなぜ死んでしまったのか』と書かれた表紙を捲り、一ページ、二ページ……と読み始めた。五ページ目を捲ろうとして、母はそのまま閉じた。

ああ……、駄目、でしたか……。

「あとで、ゆっくり読ませてもらうね」

ふーっ。一つクリア。

そこに大橋さんが割り込んだ。

「すみませんがー、私にも読ませてもらえませんか?」

母が、どうぞと手渡す。

「あ!」

そんな、母もまだ読んでいないのに……と思ったが、私の思いに気付きもせず、大橋さんは原稿用紙を猛スピードで捲り始めた。

早い。読むスピードが半端ない。

あっという間に読み終えた。

「なかなか、面白いお話ですねー」

「やっぱり、そう思います?　私も少し読んだら何だかワクワクして。もったいないから後でゆっくり読もうと思ったんです」

「あのー」

大橋さんに話しかける。

「ああ、すみません。私、昔、東京にいた頃出版社に勤めていたんですよー。それで、何度も原稿読まされてー」

意外にも、大橋さんは、某大手出版社に勤めていたらしい。なぜ、現在、こんな田舎で葬儀屋をしているのかわからないが、読む力は相当ありそうだ。

思い切って、大橋さんに話してみた。父が小説家を夢見ていたこと。父の本に小説の構想メモのようなものが多数挟まれていたこと。それをもとに私が小説を書いてみたこと（当然父と一緒に書いたとは言わない）。

そして、父にも話していないことを口にした。

「できれば、一冊でいいから父の名前で本にしてみたい」と。

母は側で聞いて驚いた顔をしていた。

「娘さんはお母さん思いなんですねー」

「大橋さん、それを言うならお父さん思いでしょ？」

母が笑う。

「いいえ。お父さんの思いを、お父さんが好きだった本という形にして、ずっとお母さんの側に置いてあげたいと思ったのでしょう。お母さんが寂しがらないように」

このとき大橋さんは語尾を伸ばさず、普通に話していた。だから妙に説得力があり、思わず私もうん、うんとうなずいていた。

私自身、はっきりと言葉にできなかった父への思い、母への思い……大橋さんはなぜわかったのだろう。

「それならー。昔の知り合いに問い合わせてみますねー。自費出版もできますからー」

語尾、元に戻ってる。やっぱり、不思議な人だ。

素直に大橋さんに頭を下げた。母に原稿を預け、私は実家を後にした。

9.『彼はなぜ死んでしまったのか』

その後しばらく、大橋さんと会う機会はなかったし、連絡も来なかった。

まあ、そんなもんだよね。自分で印刷して表紙付けて、世界に一冊の本くらいは作れるし。別に自費出版なんて大それたこと、思ってもいなかったし……。


お盆。

初盆だからと、父のためにまた親戚が集まってくる。そんなことには構わず、私は物置でひたすら読書に励んだ。

たくさんの本が並ぶ物置には小さな机と椅子が置いてあり、ある種、書斎のようになっていた。多少の黴臭さはあるが、夏でもひんやりとしており、読書には丁度よい。

父の本も半分以下まで減っている。読み終わった本はほぼ処分した（実際はすべて桜木に渡し、不要だったら捨ててと丸投げしている)。母が残したいと言った本は、世界文学全集のうちの一冊、ボッカッチョの『デカメロン』と『樹木希林120の遺言』の二冊だけだった。

その一方で、私は、父が書いたメモをどうしても捨てられなかった。挟まっていたページを写真に撮りプリントアウトし、メモとセットでファイルしていた。そのうち処分する本とはいえ、さすがにページを破り取ることはできなかった。千冬は私が作ったファイルを見て、全部画像で残しておけば嵩張らないのに、と苦笑していた。

私は、このお盆休みの間に芥川龍之介全集を読み進めていた。昔の本は活字が小さく、旧仮名遣いのものもあり、読むペースが落ちていたが、読まずに捨てることだけはしたくなかった。父との約束は果たしたい。

父は、芥川龍之介に思い入れがあったのだろうか。この全集だけは、木箱に入れて大切に保管され、日焼けも損傷もない。そして、挟まれているメモは、赤茶けた古いものもあれば、真っ白な新しいものもある。

おそらく、昔読んだこの全集を、晩年になってから読み返したのだろう。メモを挟む習慣は抜けていなかったようだ。ただ、古いメモと新しいメモには、明らかに傾向に違いがある。

古いメモの方は、教訓的なものや蘊蓄、毒舌だが洒落の効いた文章で、明るく未来の幸せを予感させるような印象だが、新しいメモの方は、何だか暗い雰囲気が漂っている。

焦り。

憂鬱。

悲哀。

病。

別離。

これは、もう、自分の体――病のことを念頭にメモしたとしか思えないものだった。これを読み解いていくと、父の病気について知ることができるかもしれない。

「腎不全で亡くなりました」

とは聞いたが、なぜ腎不全になったのか、腎不全って何なのか、親戚一同、誰もわかっていないだろう。

『彼はなぜ死んでしまったのか』という題で、もう一つ小説、いや、ノンフィクションが書けるかも……。いや、いくら何でも父に怒られるか。母も読んではくれないだろう。

でも、知りたい。

私は、新しいメモだけ抜き出して、それを読み込み、メモどうしを繋げていく作業に没頭し始めた。

お盆休みもあと一日というこの日の夜、やっと父に会えた。

小説を一緒に書き終えた後、父の本がだんだん少なくなるにつれ、父の出現回数も少なくなっているような気がする。私が父の本を全部読み終えたら……。

ううん。今はそんなことを考えている暇はない。父に、聞くべきことがある。

「お父さん、実はどんな病気だったの？」

前置きなしに聞いた。

9.『彼はなぜ死んでしまったのか』

「いきなり〜っ、そんな話ですかー」

「ちょっと、大橋さんみたいな話し方やめてよ。私は真剣に聞いてるの」

「わかっている」

今も病と闘っているような、苦しそうな表情になる。

「何年か前から、喉が痞えるって言ってたよね。それからお酒も飲まなくなって、段々食が細くなって……」

「食道、胃、肺……色々検査はしたよ。だが、どこの病院に行っても、どこも悪くないと医者は言う。加齢によるものだとはぐらかされ、ストレスだろう、気のせいだ、と精神的なものだと断言もされた」

「検査してどこも悪くないなら、精神的なものかもって思うよ。心療内科には行かなかったの？」

「私は狂っていたわけではない」

たぶん、父がイメージしているのは、ドグラ・マグラ（夢野久作著）に出てくる精神病棟なのだろう。最近の心療内科は、不登校生徒やちょっと気分が落ち込んでいる人でいっぱいで、一カ月以上の予約待ちだ。勇気を出して行っていれば何かが変わっていたかもしれない。

「正常なのは知ってたよ」

「認知症でもなかった」

「わかってる」

でも、私は父の認知症を疑っていた。


――父が亡くなる数カ月前、母が言っていた。

「最近、お父さん、おかしいの」

「何が？」

「薬の飲み方忘れたとか、三十分も四十分も歯を磨いてるとか、一時間も湯船に浸かってるとか……」

「ねえ。認知症検査受けてみたら？」

「お父さんは絶対違うって受けてくれないのよ。それとね。最近よく転ぶの。そして、頭打ったりするのよね」

その時は、頭打ったらすぐ病院につれて行けとは言っておいたが……。

「どうせ、お前も認知症を疑っていたのだろう？」

私の考えを見透かしたように父は言う。

「入院する直前は、頻繁に意識を失った。貧血だったのかもしれない。気付いたら床に倒れていて……いつもお母さんが心配そうに私が流した血を拭いていたよ。全身いろいろなところをぶつけて傷だらけになっていたからな」

——最近よく転ぶの——。

お母さん……それは気を失っていたってことだったのですよ。

もし、あの頃、母が正しく「最近気を失って倒れるの」と言っていたら、私の対応は違っていただろうか……。

「最後に倒れて……目が覚めた時、私は頭から血を流していたことでパニックになり喚いていた。お母さんは黙って血で染まった絨毯を拭き続けていた。その時、お母さんの顔を見て、もう駄目だなって思ったよ」

「お母さん、怒ってたの？」

「いや……泣いていた。もう、これ以上迷惑はかけたくないと思った。だから、黙って寝室に行き、そのまま静かに死んでいこうと思った。自殺ではない。食欲もないし、これが死ぬってことなのだろうと悟ったまでだ」

「でも、そのまま死ななかった」

「そうだ。一日以上何も食べずに寝ている私を見て、お母さんは救急車を呼んで入院させたのだよ」

なぜか父は笑う。

「私の目論見が外れ、静かな死は延期された。無理矢理生かされている状態は少し迷惑にも思ったが、一つだけ得したことがある」

「何？」

「意識不明と周りは言っていたが、実際には意識はあり、反応する気力がなかっただけだった。その時に聞こえたよ。看護師が話していた」


「低ナトリウム血症で認知症のような状態になってたみたいね」

「もっと早く血液検査してればよかったのに」

「よっぽど嫌だったんじゃない？　意識ないくせに、血取りますねーって言った途端暴れていたから」

再現ドラマのように話してくれた。

「じゃあ、本当に認知症じゃなかったってことなの？」

「やはり認知症だと思っていたのか。そうではないことが証明されただろう？」

「でも、この話、誰も知らないよね」

「お前が看護師から聞いたことにして、皆に教えればよい」

「今更、病院に聞きに行ったとは言えないでしょう？」

それにしても、死を免れ、病院で治療を受けていたのに回復できずに死んでしまったのはなぜなのか？

「ねえ。病院で治療受けたのに、どうして回復しなかったの？　なんか、医療ミスとかあった？」

「医療ミスか——。看護師の対応が雑で殺してやりたくなったが、処置はきちんとしていたし、医者も最後まで治療はしてくれたはずだ」

「それなのに……」

「喉の痞えのせいで、ずっとまともな食事をしていなかったから、栄養が足りずに体が持たなかったのだろう。すでに手足は壊死状態だった」

手の打ちようがないってやつか。

寿命……だったんだろう。少しだけ死を延期しただけで、運命は変わらなかったのだ。


「納得したか?」

どことなく清々しい顔をした父が私に聞く。

「うん。誰にも言わないけどね」

(本にも書かないよ)と心の中でつぶやいた。


(そうか……)

それでいい、と言っているかのように微笑みながら、父は消えた。

10. 約束の終わり

秋。

三連休と母の誕生日が重なっていることもあり、久しぶりに実家に戻った。お盆に帰省して以来だ。夏までは頻繁に実家に顔を出していたが、父の本も残り少なくなり、また足が遠のいていた。

父は私の家には現れない。父曰く、私が父を見たいと思っていないからということだ。

——見たいと思う者と、見せたいと思う者の意思が一致していなければ——ということか。

確かに、仕事、読書、趣味のワイン会……と忙しすぎて父のことを考えている時間はなかった。実家に戻ってくれば、自然とそこに父を感じるようになる。

千冬一家も顔を出し、母の誕生祝いを楽しく過ごしていたが、お開きの際、母が衝撃の一言を発した。

「私、引っ越すことにしました」

一同絶句。

「何それ?!　聞いてないよ」

「今初めて言いましたから」

「そうじゃなくて。お父さんは……」

言いかけて、死んだ父に相談できるのは私だけだと思い直し、黙った。

千冬は賛成している。

「いいんじゃない?　この家古いし、寒いし、地震のせいで壊れてるし」

確かにそうかもしれない。そして、一人では広すぎる。

「だけど、どこに?　いつ?」

「もう公営住宅に決まったの。雪が降る前にと思って、引っ越しは今月末」

「そんな急に?」

「悠利。お父さんの本、もうないのよね?」

そう。今回、千夜一夜物語全巻を家に持ち帰れば、実家から父の本は全てなくなる。

「私も悩んだの。お父さんの思い出が詰まったこの家から離れるのは寂しいけど、一人でこの広い家を維持していくのは難しいの」

一緒に住んでいない私たちが、単なる感傷で口出ししてはいけないのだろう。母は母なりに第二の人生を歩き出そうとしている。年齢など関係ない。

「わかった。でも、平日だと引っ越しは手伝えないかも……」

「それなら大丈夫。便利屋の大橋さんに頼んでいるから」

あの大橋さんか。肩書きが葬儀屋ではなく便利屋になっている。

「ねえ、そういえばあの原稿……」

急に母が立ち上がる。

「悠利。これ見て」

母が笑顔で寝室から戻ってきた。一冊の本を手にしている。

「大橋さんがくれたの。あの原稿、本にしてくれたのよ」

「！」

なんと、今まで放っておかれ、すでに忘れかけていたあの原稿が、本になったと？

「個人で作ったものだから、売ることはできないらしいけど、親戚に配る分くらいはあるって」

「それ、いくらかかったの？」

「引っ越し代に含めて請求するって言ってたから、詳しくは……」

「騙されてないよね？」

「大橋さんは大丈夫。お葬式の時も明朗会計でお安かったもの」

千冬も鞄から本を取り出す。

「さっき、私ももらった。後でじっくり読むからね」

著者――小塚正利。父の名前になっている。

早く父に報告したい。

大橋さん！　なぜ今まで連絡してこなかったんだー?!　と叫び出したくなる。

「大橋さん、悠利には直接渡したいからって、ここには置いていかなかったのよ。そのうち連絡いくと思うから」


その夜。

母からその本を借りて、私は父を待っていた。

しばらく会っていなかったから、話したいことがたくさんある。

もちろん、この本のこと。

母の引っ越しのこと。

そして、もうすぐ、父との約束を果たせること。

しかし――。

真夜中を過ぎても、父は現れなかった。


翌日。午前九時に引っ越しの打ち合わせと称して、大橋さんが現れた。

「朝早くからご苦労様です」

母は笑顔で出迎えたが、私はまだ朝食の途中だった。

「ああ、悠利さん、来ていたんですねー。あなたにもお話があったんですよー」

相変わらずの話し方。

引っ越しの話は後回しとなり、私と大橋さんが話すことになった。

「本ができましたー」

「母から聞きました」

「連絡が遅れて申し訳ありません……」

「それはいいんです。おいくらですか？」

「そのことですが～っ、もし他にも小説を書いていただけるのなら～っ、今回の費用は出版社でもつということでしてー」

「え？　本当ですか？　また小説読んでいただけるうえに、費用ゼロ？」

急に大橋さんの口調が変わる。

「これは転機です。第二の人生を始めてみませんか？」


真夜中、布団の中で大橋さんとの会話を思い出す。

夢のような話だった。

また小説を書けば読んでもらえる。気に入ってもらえれば、本になるかもしれない。しかも、売ることのできる本。

突然、父が現れた。

「お父さん、やっと出てきたね。昨日も待ってたのに」

「……」

心なしか元気がないように見える。

「お母さんが引っ越すって知ってたの？」

「ああ。仏壇に向かって報告していたからな」

だから寂しいのかな。では、これで元気付けてあげようか。

「ねえ。この本見て」

私は大橋さんに手渡された本を父に見せ、昼間の話を聞かせる。

「お母さんも喜んでたし、また小説書いてみようよ。お父さんのメモもまだまだたくさん残ってるし」

私ははしゃいでいた。それなのに父は、

「それはできない」と冷静に返答してきた。

できないって……。せっかくチャンスなのに。

私は焦って言葉を続ける。

「この間二人で書き上げたように、これからも二人三脚でやっていこうよ」


漠然とした不安がよぎる。


父が急に笑顔で、全く関係のない話をしてきた。

「お前の職場にいる……桜木君だったか。彼はいい奴だな」

「いきなり、何？」

「お前は私の本を自分で捨てられずに、桜木君に預けていたのだろう？　彼の車の後部座席は私の本で一杯だったよ」

「どうしてそんなこと知ってるの？　ここ以外には出現しないはずだよね」

「そうだな。自分と所縁のないところに現れるのは結構強い想いが必要なのだが……相当桜木君が気になっていたようだ」

桜木の何を気にしていたのか。そんなことより、小説を書く話を――。

「悠利。これからは、小説はお前一人で書きなさい」

「どうして……」

「困ったときは、桜木君が相談に乗ってくれるだろう。私のメモがなくても、題材は至るところに転がっている」

もう、父と小説を書くことはできない……？

「私の本を読むことで、今まで自分では読もうとしなかった文章にも出会えたはずだ。そして、お前は約束を果たしてくれた」

涙が溢れてくる。

「まだ、千夜一夜物語読み終えてないから！」

「ちゃんと読むだろう？　最後の最後に読まずに捨ててしまうお前ではない」

ぽろぽろと涙が零れる。聞いてしまったらきっと終わってしまう――それでも、聞かずにいられなかった。

「もう、会えないの？」

「夢で会えたら、いいな」

やはり、もう会えないのだ。

涙でぐしゃぐしゃになった顔を父に向けた。

「ひどい顔だな」

父が笑う。

「お母さんも第二の人生。悠利も新しい自分を見つけたはずだ。泣いている場合ではない」

「だけど……」

「この世を彷徨う私を成仏させたくて、ここまで頑張って全ての本を読んだのだろう?

私に、心残りはもうない」

「本当に、もう……」

また、涙が溢れ、私は俯く。

「では、最後に宿題だ。お母さんが引っ越す前に隠し部屋を見つけてみろ」

「隠し部屋?!」

驚いて顔を上げた時には、父はもう、いなかった。

11. 捜索

父に隠し部屋の話を聞いた一週間後、私は再び実家にやってきた。母は引っ越しの準備を着々と進めており、戸棚の食器は半分ほどになっていた。

——あの夜、父が消えてしまった後、しばらく涙も拭えず呆然としていた。翌日から仕事もあったため、実家のどこも探さずに自宅に戻ってしまったのだが、この一週間ずっと隠し部屋のことを考えていた。今日はその存在を確かめに来たのだ。

隠し部屋と言えば、本棚のどこかにスイッチがあって、それを押すと本棚がスライドして秘密の通路が現れるというパターンを思い浮かべる。実家にはたくさんの本棚があった。すでに本は取り出されているので、何かスイッチがあれば気付いたはずだが……。

本棚はまだそのまま置いてあった。元々作り付けの棚を本棚として使っている場所もあり、それを除けば家の中には動かせる本棚が三つ。物置にもいくつかあったが、それは後にしよう。

まずは父の部屋の二つ並んだ本棚を確かめる。がっしりした本棚で、スイッチらしきものはどこにもない。絨毯の上に乗っており、スライドできそうもない。

もう一つは母の部屋だ。母が箪笥の前に座り段ボールに自分の洋服を詰めている。母の壁が丸見えだ。母の背後に空になった本棚が見えた。ただのスチールラックで、本が取り出された今、後ろの壁が丸見えだ。

そこに、あった。

スイッチが！

「ちょっと入るね」

「なあに？」

「うん……」

何も言わずに本棚に近寄る。

このスイッチは本に隠れていたはず。本を取り出して隠れていたスイッチを押すパターンか。

どきどきしながらスイッチを押す。

パチンと音がして、部屋の電気が点いた……。

「何してるの？　悠利」

そんなドラマのような展開になるわけがないとは思っていた。

「ねえ。本棚に本がびっしり入っていた時、この部屋の照明、どうやって点けてたの？」

「本を取り出したら点けられるじゃない」と当たり前のように母は言った。


そもそも家の間取りを考えると、隠し部屋を造れるようなスペースはないはずだ。物置だって同じだろう。造るとすれば、やはり地下か？


台所の床に、母が『むろ』と呼んでいたものがある。たぶん床下収納のことだ。

台所に行くと、ダイニングテーブルの横の床にそれらしき扉があった。

開けてみる。

ジャガイモとキャベツ。サラダ油や醤油の買い置き。とりあえず、入っているものを全部取り出した。

それほど深くはない。スイッチ類も見当たらない。地下があったとしても、こんな狭いところからは行けないだろう。

では、広いところから地下に行く？

押し入れはどうだ？

父の部屋にまた戻る。父の洋服を処分した時に押し入れは空になったはずだ。上段には布団がまだ入っていたが、下段は空だった。押し入れの下段は広々としていたが、当然しゃがみこまないと入れない。押し入れの中を這いつくばり、床下や壁をコンコンとノックしてみた。ある場所で音が変わることもなく、スイッチもなかった。

「やっぱり家にはないのかなー」

愚痴を言いながら物置に向かい、本棚や壁を調べたが何もなかった。

「まさか、離れ？」

物置の隣にある小屋のことを私と千冬はふざけて『離れ』と呼んでいた。父が病気になるまでは、母がその小屋で習字教室を開いていた。一応水道や暖房、テレビもついた、生活可能な小屋である。隠し部屋にできるようなスペースはないと思うが、一応調べた。

もうすでに片付いており、習字教室の面影はない。ここの本棚は元食器棚だったようで、ガラス部分は外されていた。予想通りただの棚でしかなかった。


「ないなー」

家の中に戻り、ソファに寝転んでため息をついた時、思わず心の声が出てしまった。

母がコーヒーを載せたお盆を持って近づいてくる。

「さっきから何か探してるでしょ」

「うん……」

「何?」

もう話すしかないか。でも、どう話そう。父が言っていたと話せば、いつ? とあれこれ聞かれて面倒になってしまう。

「あのね。お父さんの本にいろいろメモが挟まってたって話したよね」

「ああ、悠利が書いた本はそれが元になってるって言ってたわね」

「その中に『隠し部屋』っていうメモがあって」

「もしかして本当に家に隠し部屋があると思って？」

「まあ、そういうこと。お母さん知らないよね」

「聞いたことないわねー」

「だよね。気にしないで。引っ越しの準備手伝うよ」

二人で母の部屋のアルバムを片付け始めた。ついつい中身を確認してしまい、「あの時は……」と思い出話になってしまう。先ほどの離れ――在りし日の習字教室の写真もあった。

それを見て母が思案顔になる。

「そういえば……」

何かを思い出したようだ。

「お父さんが退職してからだけど、私が習字教室の時、よく布団を干してくれてたの。教室が始まるといつも三時間くらいは家に戻らないんだけど、一度だけお茶が切れて戻ったのよ」

習字教室と言っても、母と同世代の奥様たち数名がお茶を飲みお菓子をつまみながら、楽しく習字をするだけと母が言っていたことがある。

「その時ね。お父さんが家のどこにもいなかったのよ。新しいお茶が高いところに置いてあって、取ってもらおうと探したんだけど、どこにもね」

「それって……」

「もしかしたら、習字教室の時はいつもいなくなってたのかもって思っちゃった。悠利が隠し部屋なんて変なこと言うから」

母は苦笑いする。

布団を干していなくなる？

父の部屋の方を見た。

「ちょっと布団干してくる」

急いで父の部屋へ行き、先ほど調べて開けっ放しだった押し入れから布団を全て下ろす。襖を反対側にずらしたがそこには布団はなかったので、襖を元に戻す。

全ての布団を庭の物干し竿に干すと、あることに気付いた。

父の部屋の窓から『離れ』が全く見えなくなる。逆に言うと離れの窓からも家の中の様子が見えないということだ。

この間に父は隠し部屋に向かったということか？

押し入れの布団が入っていた側を探る。

何もない。

「お母さん、他に何か覚えてない？」

「そうねー。あの時いつも使っている踏み台がなかったかな。それがあればお父さんのこと探さずに自分で取れたはずだから」

「踏み台ね」

玄関に置いてある黒い踏み台。持ってきて押し入れの上段に置いてみる。

「悠利。そこにあったら、いくら私でもお父さんを探しているときに気付くわよ」

気付かないということは……。

襖が閉まっている方か！

踏み台を移動する。

母が近寄り覗く。

「暗いわね」

黒い踏み台は暗がりでは見えないようだ。

「お母さん、ちょっと退いてて」
襖を反対側に移動させ、またあちこち探る。
上を見上げた時に、見つけた。
スイッチ……。
今度こそ！と祈るような気持ちでスイッチを押す。
上の方が何やらぼんやりと明るい。
天井裏か！
踏み台に乗って、天井板を持ち上げる。
ほこりが大量に落ちてきたが、天井板はすんなりはずれ、明るい光が降り注いだ。

＊　＊　＊　＊　＊

——毎年二月。
雪の降る日を狙って実家に帰る。
雪の中に、父の幻でも現れないかと期待しているのだが、今まで出会ったことはない。

あの年。父と一緒に小説を書いた日々のことを、今でも時々思い出す。幻ではなかったはずだ。本は確かにここにあるのだから。


父の宿題も解けた。

やっとの思いで見つけた隠し部屋。

押し入れの天井裏には、上げ下げできる梯子もついていた。母も上がりたいと言ったが、危ないので私だけが上がった。その部屋に置いてある物はほこりをかぶっていた。

本はなかった。

あったのは、私たちが子供の頃の通知箋や賞状や図画工作などばかり。誰にとっても不要だが、捨てられなかったということだろう。

もう一つ。

衣装ケースが置いてあり、真新しいタキシードが入っていた。

隠し部屋＝天井裏から全てのものを下ろして、母に見せた。

母はタキシードを見て「捨ててなかったのね」とつぶやく。

「これ、新品だよね。着る予定あったのかな」

「あなたはもう記憶のかなたに消し去ったと思うけど、二十代も後半だったか、結婚するって彼氏を連れてきたでしょ。婚姻届まで書いて」

嫌なことを思い出した。

「とりあえず籍だけ入れて、落ち着いたら結婚式挙げるって言うから、お父さん楽しみにしていたのよ」

それでタキシードを新調したのか。ああ、私は何てことを……。でも……。

「あなたが結婚やめたって電話を掛けてきた時、お父さん物凄く怒って」

だから電話にしたのだ。

怒られるのはわかっていた。でも、婚姻届まで書いたのに、彼は自分の両親に私のことをいつまでも話さなかった。しかもこの間に両親の勧めで見合いもしていたらしい。許せなかった。

「ごめん。でも、もう忘れて」

父はこの件について一度も触れなかった。心底怒っていたのに。だから、余計実家に帰りにくかった。

ちゃんと面と向かって怒られておけば良かったのかもしれない。

父の遺影に向かって頭を下げた。

（タキシード、無駄にしてごめんね）


父のいう「第二の人生」にはなっていないかもしれないが、私は小説を書いている。小説家ではない。生憎、二度目に書いた小説は出版社には認められず、父の名前で作成してもらった本の費用は私が払うこととなった。

今は書いたものを母に見せ、反応が良ければコンテストに応募しているだけである。

私の机の上には、木箱に入った芥川龍之介全集が置かれている。執筆に行き詰まった時、そっと手を置き、父のことを想う。それでも構想が浮かばないときは、桜木だ。

母に原稿を見せる前にも、必ず桜木にチェックさせる。父とではなく、桜木と二人三脚になってしまった。ただ、その居心地の良さに私もだんだん気付き始めている。

春になったら、花見に行こう。

「桜木を連れて、桜か——」

独り言のあと、笑った。


（終）

著者プロフィール
佐倉 守莉（さくら まり）
北海道出身。小・中・高の教員免許とワインエキスパートの資格を持つ。
趣味で小説を書いているが、全て未完のため公表はしていない。
幼い頃からクリスマスプレゼントに本を要望するほど、読書好き。
父の死後遺品整理をしていた時に、父との思い出を何かに残そうと、この小説を書くことを思いついた。

●佐藤心和
2005年、北海道函館市生まれ。
北海道函館西高等学校卒業。
北海学園大学在学中。
札幌市在住。

最後の約束 ～ Love for My Father ～

2024年9月15日　初版第1刷発行

著　者　佐倉 守莉
発行者　瓜谷 綱延
発行所　株式会社文芸社
〒160-0022　東京都新宿区新宿1－10－1
電話　03-5369-3060（代表）
03-5369-2299（販売）

印刷所　株式会社フクイン

ISBN978-4-286-25686-3